FRANÇOIS HUGUES

POUR LA PATRIE

SCÈNE PATRIOTIQUE

DÉDIÉE

AU CERCLE THÉATRAL

DE

CARCASSONNE

Prix : **50** Centimes

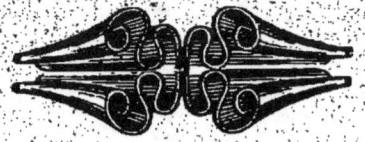

AVIGNON

IMPRIMERIE SPÉCIALE DE LA CARAVANE
4, rue des Griffons, 4.

1890

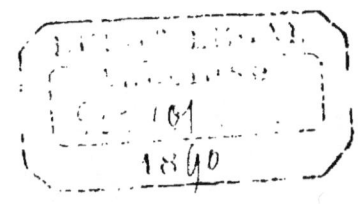
POUR LA PATRIE

FRANÇOIS HUGUES

POUR LA PATRIE

SCÈNE PATRIOTIQUE

DÉDIÉE

AU CERCLE THÉATRAL

DE

CARCASSONNE

Prix : **50** Centimes

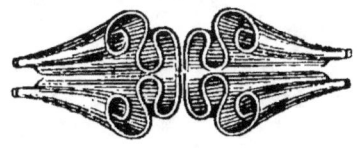

AVIGNON

IMPRIMERIE SPÉCIALE DE LA CARAVANE

4, rue des Griffons, 4.

1890

PERSONNAGES

Le Sergent SEGUIER............. **22 ans**
L'Abbè SIAU..................... **28 ans**

Au lever du rideau, l'abbé Siau dépouille son courrier puis il ouvre un journal qu'il lit très attentivement.

L'ABBÉ SIAU (après avoir lu)

Enfin ! la paix est faite. Noble France ! tu viens de subir une terrible épreuve ; l'Allemagne insolente ne t'a pas épargnée ; elle rira longtemps de ta défaite et te couronnera de ta douleur. Et toi, Napoléon ! généreux et confiant, tu dormais pendant que tes soldats par Bazaine vendus levaient la crosse en l'air. Pendant que sous le sceptre tu rêvais la victoire... que ton fils déjà essayait la couronne impériale, Bismark vous préparait à tous deux un sort moins glorieux.

Doit-il triompher le lion allemand ? et doit-il être fier d'un succès mal acquis ? Aux dépens de la France, il va pouvoir payer ses dettes de café et continuer sa partie de billard.

Et c'est après avoir perdu des millions d'hommes, c'est pour porter le deuil de ses héros tombés avec honneur... que la France leur mère, se coiffe sans rougir du bonnet phrygien.

Oh ! France, sublime de vaillance ! toi que dix-neuf siècles de gloire ont saluée, porteras-tu longtemps la coiffure profane ? Non ! tu regretteras bientôt de t'en être couverte.

SEGUIER (sur le seuil de le porte)

La France n'a que ses morts à regretter. Bazaine seul doit pleurer son crime et Bismark doit rougir de son infâmie.

SIAU

De quel droit Monsieur êtes-vous entré chez moi ?

SEGUIER

Un soldat français entre partout Monsieur l'Abbé.

SIAU

Vous auriez dû au moins vous faire annoncer.

SEGUIER

A quoi bon déranger votre vieille servante ? Elle doit avoir bien autre chose à faire.

SIAU

J'en conviens, mais les convenances exigent que tout visiteur remette sa carte.

SEGUIER

Ma carte, c'est la France, quant aux convenances j'ai eu le temps de les oublier.

SIAU

Alors, veuillez vous remettre et dites-moi le motif qui vous amène.

SEGUIER (s'asseyant)

Volontiers.

SIAU

D'abord, qui ai-je l'honneur de recevoir ?

SEGUIER

Le sergent Jacques Seguier.

SIAU

Jacques Seguier. Vous ! c'est vous qui portez ce nom ?

SEGUIER

Mon Dieu ! Qu'y a-t-il de surprenant à cela ?

SIAU

Assez Monsieur, sortez... sortez, je vous l'ordonne.

SEGUIER

Modérez-vous mon cher ami. Je suis venu ici pour causer avec vous, et ne vous ai encore rien dit.

SIAU

Je ne suis plus votre ami, je n'ai plus le droit de l'être, vous êtes un athée, un rénégat de la religion chrétienne. Je ne vous connais plus, Dieu me défend de vous connaitre.

SEGUIER

Mais il ne vous défend pas d'entendre ma confession.

SIAU

Soit : Je vous écoute.

SEGUIER

Monsieur l'Abbé, il ne faut pas m'en vouloir si après avoir fait mes études de séminariste, j'ai pendu la soutane à un clou et l'ai remplacée par la tunique et le pantalon rouge

L'homme ne fait que ce que Dieu veut et ce que Dieu fait est bien fait. Vous souvenez-vous du jour où je vous dis : la France aura bientôt plus besoin de soldats que de prêtres.

Je ne me trompais pas, car c'est dans la nuit de ce même jour que le tambour battit la générale, que le drapeau français s'agita dans l'espace et que la voix du canon alarmé déclara la patrie en danger. Ce bruit épouvantable m'arracha de mon somme et mon rêve put enfin s'expliquer.

SIAU

Qu'avez-vous donc rêvé ?

SEGUIER

Des fusils, des chevaux. J'étais dans une église dont l'autel venait de se métamorphoser en barricade, et l'enceinte en champ de mort. Puis le clairon ayant sonné l'heure de la soupe, chaque soldat après avoir mangé but du sang à plein verre. Le canon m'éveilla comme je buvais le mien. Alors je mis ma tête à la croisée et j'aperçus le ciel affreusement rouge. Des hommes dans la rue criaient à pleine voix : La patrie est en danger, tout citoyen doit la défendre. Allons dis-je, Vive la France ! et, dans un élan superbe, franchissant le seuil de ma chambre je traversai la cour du Séminaire et, quelques minutes après j'arrivai à l'Hôtel de Ville où je signai mon engagement de volontaire. Voilà Monsieur l'Abbé ce que j'ai fait, voilà mon crime. (*Il se lève*).

SIAU

Crime que je vous pardonne.

SEGUIER

A la bonne heure, nous pourrons nous entendre.

SIAU

Racontez-moi je vous prie, comment vous avez acquis votre grade.

SEGUIER

C'est me faire trop d'honneur que de me le demander. Remplaçant mon uniforme ecclésiastique par celui de militaire, je me promis de le porter avec honneur.

Mon régiment fut un des premiers à marcher à la frontière. Vous dirai-je si j'étais heureux d'être soldat : J'allais enfin pouvoir prendre part à la défense du drapeau menacé. Nommé caporal après trois mois de service, j'étais fier de ces galons qui me semblaient tomber du ciel. Il y avait à peine deux jours que je les portais, lorsque mon capitaine, un brave soldat et un noble cœur s'approchant de moi dit : « Caporal, as-tu entendu parler du festin aujourd'hui et sais-tu quel en sera le menu ? »

Comme je paraissais ne pas comprendre. « Regarde, ajouta-t-il en me montrant du petit doigt un point de l'horizon : « c'est là-bas que pour nous le couvert est mis, c'est à ce banquet que tu pourras ce soir arroser tes galons. Cela dit, il s'éloigna de moi en éclatant de rire. Ah ! j'avais compris, je venais de comprendre. Deux heures après tambours et clairons battaient et sonnaient la charge et la colonne française marchait à grands pas vers l'endroit indiqué par le capitaine. En quelques instants le combat devint terrible. Deux fois les hulhans ébranlèrent nos carrés ; il se fit un effroyable et sinistre carnage.

La plaine était inondée par une pluie de mitraille. Un ruban de feu serpenta sur la colonne et mon capitaine tomba foudroyé à mes pieds sans prononcer un mot, sans jeter une plainte. Oh ! alors je sentis naître en moi une haine mortelle pour les allemands..... mon capitaine mort devrait être vengé. Ce fut ce jour que pour la première fois me vinrent à la mémoire Napoléon, Marceau et Kléber ; le souvenir de ces héros tombés pour leur patrie augmenta ma force et grandit mon courage. Le canon tonnait horriblement, je bravais la mitraille et à travers un nuage de fumée je les voyais ces guerriers défunts et j'entendais leurs voix me répéter : « Enfant ! c'est pour la France et pour la liberté. »

SIAU

Mon ami, j'ai le cœur par votre histoire pénétré et attendri. Comme vous je voudrais servir la France et conquérir mes droits de citoyen. Mais vous le savez je suis le seul et unique soutien de ma vieille mère....

SEGUIER

C'est-à-dire mon ami que vous êtes un privilégié. Tandis que j'ai qu'une mère, vous en avez deux. Il faut avoir la force de les servir l'une et l'autre.

SIAU

La force ne me manquerait peut-être pas mais faudrait-il encore savoir quels moyens employer, pour accomplir ce double devoir. Le savez-vous ? oh ! si vous le savez, dites-le moi ; pour être digne de ma patrie il n'est rien que je ne brave.

SEGUIER

Je le savais bien moi que sous la soutane de l'Abbé Siau battait un grand et noble cœur. Votre main, mon brave.

Ami, vous resterez abbé pour soutenir et consoler la pauvre vieille. Précepteur, vous apprendrez à vos élèves la doctrine guerrière, vous leur direz que par l'allemand leur sol natal, leur pays, leur patrie a été saccagée.

Vous leur rappellerez souvent que la France, leur mère outragée compte sur eux pour relever l'insulte et venger son affront, et c'est ainsi citoyen Siau que vous préparerez pour Dieu, les âmes et les cœurs *pour la Patrie*.

FIN

AVIGNON — IMPRIMERIE SPÉCIALE DE LA CARAVANE